별뉘의 시간을 너에게

KB191748

글·그림 마르틴 스마타나

슬로바키아 질리나에서 태어났고, 프라하 국립예술영화학교에서 석사 학위를 받았습니다. 2014년 애니메이션 영화 「로소 파파베로」를 통해 영화감독으로 데뷔했고, 현재 애니메이션 영화감독이자 시나리오 작가로 활동하고 있습니다. 2019년 애니메이션 영화 「연」으로 안시국제애니메이션영화제에서 '젊은 관객상'을 받았습니다.

옮긴이 정회성

도쿄대학교 대학원에서 비교문학을 공부하고 인하대학교 영어영문학과에서 학생들을 가르치며 문학 전문 번역가로 활동하고 있습니다. 「피그맨」으로 2012년 IBBY(국제아동도서협의회) 어너 리스트 번역 부문 수상자로 선정되었습니다. 옮긴 책으로 「레몬첼로 도서관 탈출 게임」, 「가장 완전하게 다시 만든 앨리스」, 「줄무늬 파자마를 입은 소년」, 「첫사랑의 이름」 등이 있고, 지은 책으로 「친구」, 「작은 영웅 이크발 마시」, 「책 읽어 주는 로봇」 등이 있습니다.

*볕뉘_작은 틈을 통하여 잠시 비치는 햇볕, 그늘진 곳에 비치는 조그마한 햇볕의 기운.

볕뉘의 시간을 너에게

글 · 그림 마르틴 스마타나 I 옮김 정회성

웅진주니어

나는 따뜻한 이야기를 좋아해요. 어렸을 때부터 따뜻한 이야기가 담긴 책을 즐겨 읽었어요. 어른이 된 지금은 그런 이야기를 다룬 영화를 만들고 있고요. 늘 세상을 긍정적으로 바라보며 밝게 살려고 노력하고 있지요.

그런데 코로나일구라는 전염병이 전 세계로 퍼지면서 우리가 알고 있던 세상이 완전히 달라졌어요. 처음에는 하루하루 들려오는 좋지 않은 소식에 어떻게 대처해야 할지 몰라 우울했지요. 온 세상이 어둡고 슬픈 소식에 뒤덮여 피할 길이 없다고 생각했어요. 그러다 계속 이렇게 지낼 수는 없다는 생각에, 그런 나쁜 소식에 맞서는 희망적인 소식을 찾기 시작했습니다.

밝고 따뜻한 소식은 드물 줄 알았는데, 가깝게는 내 주위에서, 멀게는 지구 반대편에서 찾을 수 있었어요. 사실, 주변을 자세히 들여다보면 우리 마음을 훈훈하게 하는 일이 자주 일어나지요. 단지 TV나 신문에서 다루는 커다란 사건에 가려 잘 보이지 않을 뿐이에요.
나는 눈에 잘 띄지 않는 그런 소식들을 더 많이 알리고 싶었어요. 그래서 우리 마음을 위로하는 일들에 관심을 갖고 나만의 방식으로 표현하기로 마음먹었지요.

나는 크레용이나 태블릿으로는 그림을 잘 그리지 못해요. 그 대신 헌 옷과 천을 활용해서 그림 작업을 한답니다. 그렇게 작업한 애니메이션 「연(The Kite)」은 우리 삶에서 가장 중요한 인연, 이를테면 죽음도 끊을 수 없는 사람과 사람과의 관계를 그린 영화예요. 표현하기 어려운 주제였지만, 밝고 긍정적인 면을 강조하려고 노력했지요. 나는 이 경험을 살려, 헌 옷과 쓰다 버린 천을 활용한 콜라주 기법으로 세계 곳곳에서 들려오는 좋은 소식과 어울리는 그림을 만들어 보기로 했어요.

먼저 사람들에게 들려주고 싶은 기쁜 이야기를 고른 다음, 밑그림을 그려서 주위 사람들에게 보여 주었어요. 많은 사람들이 그림과 이야기에 위로를 받았다고 전해 왔어요. 그래서 나는 일주일에 한 편씩 따뜻한 소식을 골라 작업을 하기 시작했어요.

이 책은 1년 동안의 작업 끝에 탄생했어요. 모두와 나누고 싶은, 세계 곳곳에서 일어난 50가지의 따뜻한 이야기를 담았지요. 몇몇 이야기는 수년 전에 일어난 일이지만, 대부분 코로나일구가 전 세계에 퍼지면서 일어난 일들을 다루고 있어요. 책을 읽다 특별히 관심이 가는 이야기가 있다면, 책의 맨 뒤에 있는 QR코드를 이용해 보세요. 이야기와 관련된 보다 자세한 내용을 읽어 볼 수 있을 거예요.

아무쪼록 이 책이 많은 사람에게 다정한 위로가 되기를 바랍니다.

마르틴 스마타나

누구나 와서 읽으세요

콜롬비아 보고타에서 거리를 청소하는 한 환경미화원은

버려지는 책들을 볼 때마다 아쉬운 마음이 들었다.

그는 버려진 책을 한 권씩 모으기 시작했고,

시간이 흘러 25,000권이 넘는 책이 집 안에 가득 쌓였다.

지금 그의 집 1층은 책을 사 읽을 수 없는 가난한 어린이들이

자유롭게 드나들며 무료로 책을 읽는 도서관이 되었다.

용기를 주는 꼬마 자동차

프랑스 발랑시엔에 있는 한 공립 병원에는

꼬마 전기 자동차가 이리저리 돌아다닌다.

어린이 환자들이 직접 자동차를 몰아 수술실로 가는 것이다.

그 덕분에 어린이 환자들은 수술에 대한 두려움이나 스트레스를

조금이나마 떨칠 수 있게 되었다.

새로운 보금자리를 찾아 줄게

오스트레일리아 뉴사우스웨일스주에 큰 산불이 났다.

불길은 순식간에 커져 산 전체를 무섭게 뒤덮었다.

근처에서 동물원을 운영하고 있던 동물원장은

불길 사이를 헤치고 들어가

오들오들 떨고 있는 어린 너구리판다들을 구해 집으로 데려왔다.

위대한 첫 번째 여행

어느 날, 미국에 사는 여든다섯 살 할머니가 손자에게 말했다.

"나는 이제껏 바다를 본 적도, 산에 오른 적도 없단다."

손자는 할머니에게 더 넓은 세상을 보여 주겠다고 결심했다.

얼마 뒤, 두 사람은 머나먼 여행을 떠났다.

무려 65,000여 킬로미터에 이르는 거리를 여행하는 동안

할머니는 무려 61개나 되는 미국의 모든 국립 공원을

눈에 담을 수 있었다.

보고 싶다면

이탈리아 팔레르모에 사는 열 살 소년은

영국 런던에 살고 있는 할머니가 늘 보고 싶었다.

하지만 아빠와 비행기를 타고 할머니를 만나러 가기로 한 날,

예상치 못한 전염병으로 인해 비행기 운항이 모두 취소되었다.

언제 비행기가 뜰지도 막연했다.

소년은 아빠와 손을 잡고 길을 나섰고,

93일 동안 무려 2,700여 킬로미터를 걸어 런던에 도착했다.

소년은 마침내 보고 싶었던 할머니 품에 안겼다.

꿈은 이루어진다

그리스에 사는 스물두 살 여학생에겐 꿈이 있었다.

올림포스산 정상에 오르는 것.

하지만 여학생은 다리가 불편해 걸을 수 없었다.

한 육상 선수가 이 안타까운 소식을 듣게 되었다.

그는 고민 끝에, 의자가 달린 특수 배낭을 만들어 여학생을 찾아갔다.

그리고 배낭에 여학생을 앉힌 채 산을 오르기 시작했다.

해발 2,917미터, 대부분 눈으로 덮여 있어

혼자서도 오르기 힘든 산을 여학생을 등에 업고

마침내 정상에 발을 디뎠다.

식물 연주회

스페인 바르셀로나에서 활동하는 현악 4중주단은

전염병으로 연주회를 열 수 없게 되자 재미있는 아이디어를 떠올렸다.

2,292개의 관객석에 관객 대신 식물을 앉히고,

무대에 올라 푸치니의 「국화」를 연주했다.

연주회가 끝난 뒤, 단원들은

전염병과 싸우는 의사와 간호사들에게 감사의 표시로 식물들을 보내 주었다.

언제든 하면 되지

일본에 사는 여든한 살 할머니는 퇴직 후 적적한 하루하루를 보내고 있었다.

할머니는 스마트폰으로 게임을 해 보고 싶었지만,

마음에 쏙 드는 게임을 찾을 수 없었다.

할머니는 3년 동안 코딩을 공부한 끝에

마침내 직접 원하는 게임을 만들어 냈다.

할머니의 게임은 일본의 전통 인형극에서 영감을 얻은 것이었다.

그 뒤, 수많은 사람들이 할머니가 개발한 게임을 함께 즐기고 있다.

마음을 전하는 불빛

미국 샌프란시스코에 있는 많은 호텔들이 전염병으로 영업을 할 수 없게 되었다.

하지만 운영진들은 좌절하지 않았다.

오히려 전염병으로 힘들어하는 사람들에게 꿈과 희망을 전하기 위해

하트 모양으로 객실의 불을 밝혔다.

희망을 실은 자전거

이탈리아의 한 사이클 선수는

고향 사람들이 단체로 전염병에 확진되었다는 소식을 들었다.

그들은 선수를 진심으로 응원해 준 사람들이었다.

그는 사람들에게 조금이나마 도움이 되고 싶어

자전거에 약과 음식을 가득 실은 채, 고향으로 향했다.

손톱으로 전하는 응원

미국 유타주의 소방관들은 한 소녀를 두고 고민에 빠졌다.

교통사고 후유증으로 밖에 나오는 걸 두려워하는 소녀였다.

소방관들은 소녀에게 어떻게 용기를 줄 수 있을지 곰곰 생각하다가,

기꺼이 손을 내밀었다.

매니큐어를 좋아하는 소녀가 자신들의 손톱을 칠하며 기뻐할 수 있도록.

선 하나를 사이에 두고

여든다섯 살 독일 할머니와 여든아홉 살 덴마크 할아버지는 친구였다.

그런데 전염병으로 국경이 닫히면서 만날 수 없게 되었다.

두 사람은 고민 끝에 국경 가장 가까이에서 서로를 볼 수 있는 장소를 찾아냈다.

할머니와 할아버지는 다시 매일 만난다.

접이식 테이블을 펴 놓고 마주 앉아

차를 마시며 수다를 떨고, 깜짝 선물을 주고받으면서.

펭귄을 지켜 줘

오스트레일리아 필립섬에 사는 백아홉 살 할아버지는

기름 유출 사고로 걱정이 많았다.

바닷물이 기름투성이가 되어 펭귄들이 위험해졌기 때문이다.

할아버지는 뜨개질을 하기 시작했다.

펭귄들이 부리로 몸을 닦으면서 기름을 삼키지 못하도록,

할아버지는 펭귄들에게 일일이 직접 만든 스웨터를 입혀 주었다.

벽돌에 담긴 반짝이는 마음

영국 서머싯에 사는 한 가족은

집의 벽돌을 알록달록 예쁘게 색칠했다.

전염병으로 지친 이웃들을 위로하고 용기를 북돋워 주기 위해.

해피 크리스마스를 위해서라면

미국의 한 남자는 딸과 함께

크리스마스를 보내고 싶었다.

하지만 비행기 승무원인 딸은 크리스마스 연휴에도 쉴 수 없었다.

그는 곰곰 궁리하다가, 크리스마스 연휴 동안 딸이 일할

여섯 편의 비행기 탑승권을 구입했다.

단둘은 아니지만 비행기에서 딸과 함께

크리스마스를 보내고 싶다는 바람은 이룬 것이다.

베란다 박수회

심각한 전염병으로 집 밖에 나갈 수 없게 된 포르투갈 사람들은

의사, 간호사, 소방관, 상점 점원 등 고생하는 사람들에게

고마운 마음을 전하고자 다 함께 베란다에 나와 힘껏 박수를 쳤다.

꼭 안아 주세요

나무를 껴안으면 스트레스가 줄어들고

몸과 마음이 건강해진다는 연구 결과가 있다.

그래서 아이슬란드의 산림청은 전염병으로 인한 거리 두기 정책으로

외로워하는 사람들에게 이렇게 권했다.

"나무를 꼭 껴안아 보세요."

추억을 불러오는 새집

오스트리아의 한 마을에는 독특한 새 둥지가 있다.

사람이 사는 집을 아주 작게 만들어 놓은 듯한 모양이다.

이는 한 예술가의 작품으로,

그 예술가는 할머니 할아버지들이 사는 마을에

예전에 살던 집 모양을 본뜬 새 둥지를 만들었다.

그 덕분에 할머니 할아버지들은 새 둥지를 보며

지난날을 떠올리고 추억에 잠긴다.

움직이는 서점

전염병으로 사람들이 서점에 오기 어려워지자,

슬로바키아 질리나의 한 서점 주인은 새로운 방법을 생각해 냈다.

바로 직원들이 직접 움직이기로 한 것이다.

서점 주인은 직원들과 함께 자전거와 스쿠터를 타고 다니며

독자들에게 책을 전달해 주었다.

대서양을 가로지른 사랑

포르투갈에 살고 있는 한 남자는

아버지의 90번째 생일에 맞추어 아르헨티나에 갈 계획이었다.

그런데 세계적인 전염병으로 비행기 운항이 취소되어

언제 다시 비행기를 탈 수 있을지 기약이 없었다.

그는 포기하지 않았다. 직접 바다를 건너기로 결심한 것이다.

그는 85일 동안 배를 몰고 바다를 건너

마침내 사랑하는 아버지를 만났다.

할아버지와 스쿨버스

미국 오리건주에 사는 할아버지에겐 손주가 열 명 있었다.

손주들과 한시도 떨어지고 싶지 않았던 할아버지는

어느 날 낡은 버스를 구해 왔다.

그러곤 버스를 뚝딱뚝딱 고쳐서 멋진 스쿨버스를 만들었다.

할아버지는 아침마다 손주들을 학교에 태워다 주며 소소한 즐거움을 누린다.

그들만의 공연

이탈리아의 한 병원,

방호복을 입은 의료 종사자가

여든여섯 살 할머니 환자에게 손을 내밀었다.

할머니는 흔쾌히 그 손을 맞잡았다.

이윽고 두 사람은 춤을 추기 시작했다.

그 모습을 본 의료진과 환자들은 고통과 우울함도 잊은 채,

모두 박수를 치며 환호했다.

하늘에서 떨어지는 과일 선물

오스트레일리아에서 일어난 큰 산불로, 숲속 동물들이 굶주리게 되었다.

이를 알게 된 소방관들은 헬리콥터를 타고 하늘을 날며

까맣게 재만 남은 숲 곳곳에

수많은 과일과 채소를 떨어뜨려 주었다.

강을 건너는 마음

체코의 체스키테신과 폴란드의 치에신은

강 하나를 사이에 두고 이웃하는 도시다.

그런데 전염병으로 국경이 닫혀 버리자

친하게 지내던 두 도시 사람들은 한순간에 만날 수 없게 되었다.

그들은 강을 사이에 두고, 서로를 그리워하는 마음을 커다란 종이에 적었다.

언젠가 이 팬데믹이 끝나고 얼른 다시 만나

마주 보며 웃을 수 있기를 바라는 마음을 담아서.

*체코 여러분, 보고 싶어요!(체코어)
**저희도 폴란드 여러분이 그리워요.(폴란드어)

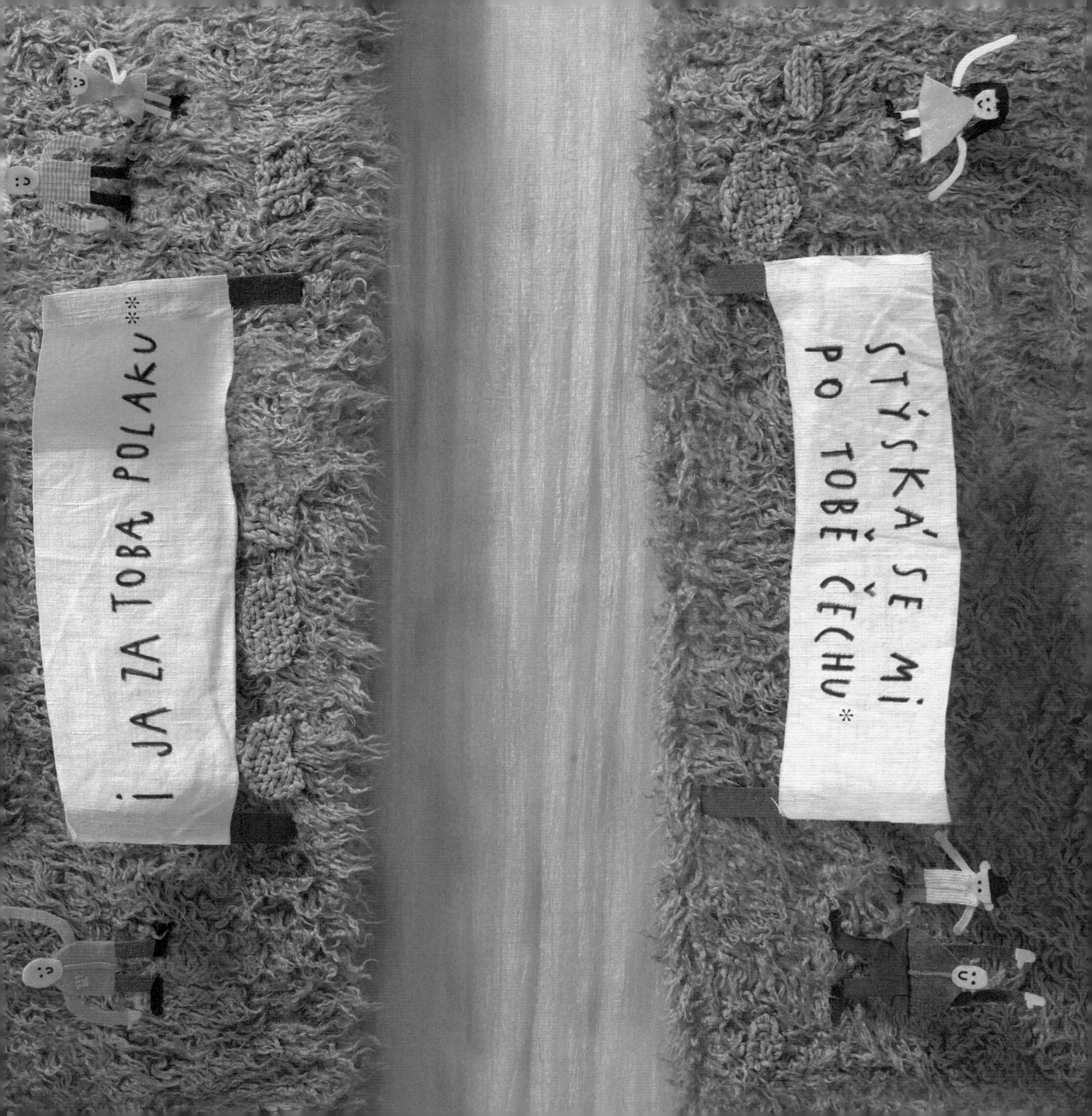

I JA ZA TOBĄ POLAKU**
STÝSKÁ SE MI PO TOBĚ ČECHU*

포기하지 않은 24년

중국에 사는 한 농부의 아들이 괴한들에게 납치당했다.

농부는 아들을 찾기 위해 오토바이를 타고 24년 동안 50만 킬로미터를 달려,

마침내 아들을 찾았다.

마음의 힘

영국 브리스틀대학교 학생들은 학교 경비 아저씨가

4년 동안 고향 자메이카에 가지 못했다는 사실을 알게 되었다.

학생들은 각자 용돈을 모아 아저씨가 고향에 다녀올 수 있도록

비행기표를 선물했다.

WE ♥ YOU

자연을 자연에 돌려주다

덴마크의 한 연필 회사는 '자연에서 얻은 것을 자연에 돌려주자.'라는 취지로

흙에 심을 수 있는 연필을 만들었다.

마치 나무가 씨앗으로 돌아가는 것처럼,

쓰고 난 뒤 작아진 연필을 흙에 심으면, 연필 끝에 담겨 있는 씨앗에서

나무가 쑥쑥 자라난다.

가장 아름다운 「백조의 호수」

스페인의 유명한 발레리나였던 할머니는 지금 치매를 앓고 있다.

어느 날, 할머니는 우연히 「백조의 호수」에 나오는 음악을 듣게 되었다.

놀랍게도 할머니는 춤을 추기 시작했다.

음악을 듣고 과거의 기억을 떠올렸던 것이다.

조국을 떠나도 경기는 계속된다

2021년 도쿄 올림픽에 난민들이 팀을 이루어 참가했다.

난민들로 구성된 팀이 올림픽에 참여한 건 2016년 이후 두 번째였다.

전쟁과 재난, 억압을 견딜 수 없어 고향을 떠나온 스물아홉 명의 선수들은

오륜기를 가슴에 품고 최선을 다해 경기에 임했다.

혼자가 아니야

이탈리아의 의료진들은 전염병으로 딱딱한 병원의 분위기를

부드럽게 바꾸고 싶었다.

무엇보다 전염병으로 힘들어하는 환자들이

혼자가 아니라는 걸 알려 주고 싶었다.

의료진들은 활짝 웃고 있는 자신의 사진을 뽑아서 방호복 위에 붙이고 다녔다.

환자들이 사진을 보고 잠시나마 미소 짓기를 바라는 마음으로.

창문 콘서트

이탈리아의 한 도시에서 작은 콘서트가 열렸다.

전염병으로 격리 생활을 하는 이웃을 격려하고 용기를 북돋아 주기 위해,

사람들은 창문을 활짝 열고 악기를 연주하며 큰 소리로 노래를 불렀다.

자연을 가까이

네덜란드 위트레흐트에는

버스 정류장 지붕마다 꽃이 가득 피어 있다.

버스 정류장은 사람들이 자연을 가까이에서 느낄 수 있는 쉼터이자,

꿀벌이 좀 더 쉽게 꿀을 얻을 수 있는 공간이 되었다.

엽서로 전해요

캐나다 우체국은 캐나다의 모든 집에

예쁜 엽서를 무료로 보내 주었다.

전 세계에 퍼진 전염병으로 서로 만나지 못하게 된 사람들은

엽서를 통해 보고 싶은 마음을 서로 주고받을 수 있었다.

선을 넘은 우정

미국과 멕시코의 국경에는

두 나라를 가르는 기다란 철 울타리가 있다.

어느 날, 울타리 사이에 시소가 놓였다.

두 나라의 어린이들은 신이 나서 시소를 타며 놀기 시작했다.

마치 국경 따위는 상관없다는 듯이.

그 어떤 선도 마음을 막을 수는 없었다.

백 번째 생일, 백 번의 도전

제2차 세계 대전에 참전했던 영국의 한 할아버지는

100번째 생일을 맞아 새롭고 의미 있는 일에 도전했다.

바로 자신의 집 정원을 백 번 왕복하는 것!

할아버지는 이 도전을 응원하는 사람들이 보내 준 돈을 모아

전염병으로 고생하는 사람들에게 기부하기로 마음먹었다.

할아버지는 보행 보조기에 의지해 천천히 한 발 한 발 내디뎠고

마침내 정원을 백 번 왕복하는 데 성공했다.

그 결과, 무려 약 487억 원이나 되는 큰돈이 모여 전액을 기부했고,

뜻깊은 도전에 성공한 할아버지는 엘리자베스 2세 여왕에게 기사 작위를 받았다.

사랑을 이어 주는 나무

독일 오이틴에는 사람들의 마음을 이어 주는 500년 된 나무가 있다.

지난 130년 동안 사랑하는 사람을 찾고 싶은 이들이

이 나무의 커다란 옹이구멍 안에 편지를 넣었고,

지금까지 수천 명의 커플이 사랑을 이루었다고 한다.

그 덕분에 지금 이 나무는 고유한 우편 번호까지 갖게 되었다.

이 향기가 보이나요

일본 미야자키현에 사는 아저씨는

2년 동안 정원에 꾸준히 꽃을 심었다.

시력을 잃은 아내가 꽃향기로나마 자연의 아름다움을 즐길 수 있도록.

우리 모두 이겨 낼 수 있어요

스위스 체르마트에 있는 높다란 산,

마터호른 산봉우리에 세계 여러 나라의 국기가 조명으로 비추어졌다.

이 세상 모든 사람들이 전염병을 이겨 내기를 바라는 마음을 담은,

체르마트 사람들의 따뜻한 선물이었다.

어린이의 즐거움을 위해

스웨덴의 유명한 가구 회사는 특별한 책을 출간했다.

집 안에서 벙커와 성, 텐트, 아지트를 만들 수 있는

설명서와 재료들이 들어 있는 책이었다.

전염병으로 학교에 가지 못하는 어린이들이 집에서 가족과 함께

재미있는 시간을 보내기를 바라는 마음을 담은 것이었다.

카약 놀이를 즐기는 완벽한 방법

덴마크와 유럽 몇몇 나라에서는

강에서 즐길 수 있는 카약을 공짜로 빌려준다.

단, 카약을 타며 쓰레기를 주워야 한다.

환경도 살리고, 무료로 카약도 탈 수 있는

일석이조의 기쁨을 누리는 사람들이 많다.

우리가 희망을 가질 수 있는 이유

전염병에 대한 걱정이 점점 커지고 있지만,

아프리카에서는 질병을 이겨 낸 기쁜 소식이 들려온다.

수십 년간, 수많은 사람들의 노력 끝에 아프리카에서 소아마비가 사라졌다는 것!

백신 접종 덕분에 180만 명의 어린이가 소아마비에 걸리지 않게 되었고,

이제 18만명의 어린이가 목숨을 잃었다는 소식을 듣지 않게 되었다.

새로운 삶

프랑스에는 직장에서 은퇴한 어르신들이

함께 모여 사는 한 마을이 있다.

이곳에서는 어르신들이 일 대신 여러 가지 새로운 기술을 배우며, 새로운 삶을 즐긴다.

심지어는 멋진 전자 악기로 신나는 테크노 음악을 연주하기도 한다!

각양각색 꿈 무지개

영국의 어린이들은 전염병 때문에 학교를 가지 못하게 되자,

각양각색 무지개를 그려 자기 집 창문에 붙였다.

학교에 가고 싶은 마음, 이웃에게 희망을 전하고 싶은 마음,

친구를 만나고 싶은 예쁜 마음이 이 무지개에 가득 담겨 있다.

마음은 돌고 돌아

오른손이 한 일을 왼손이 모르게 하라는 말도 있지만,

때로는 누군가의 착한 행동이 널리 알려져 더 좋은 결과를 가져오기도 한다.

체코 파르두비체에 있는 한 가게에 어떤 손님이 돈이 가득 든 봉투를 두고 갔다.

가게 점원은 돈 봉투를 경찰서에 가져다주며, 주인을 찾아 전해 달라고 부탁했다.

잃어버렸던 돈 봉투를 찾은 주인은 감사한 나머지

가게 점원에게 사례를 하려고 했지만,

남자는 한사코 사례금을 거절했다.

그런데 이 따뜻한 소식을 전해 들은 한 맥주 회사가 나섰다.

돈을 그대로 돌려준 가게 점원을 칭찬하며,

남자의 가게에 1년 치 맥주를 무료로 제공한 것이다.

점원은 이 맥주를 판 수익금을 모두 장애 어린이들을 돕는 데 기부했다.

해변 학교

전염병이 심각해지면서 세계 곳곳의 많은 학교들이

인터넷으로 원격 수업을 진행해야 했다.

1년 동안 원격 수업을 했던 스페인 무르시아의 한 학교는,

전염병을 피해 좀 더 안전하게 수업할 수 있는 방법을 찾다가,

해변에서 수업을 하기로 결정했다.

학생들이 넓게 거리를 두고 앉을 수 있고,

공기가 통하기 때문에 교실보다 낫다고 생각했던 것이다.

그 덕분에 아이들은 모래사장에 놓인 책상에 앉아,

신선한 공기와 상쾌한 바람 속에서 즐겁고 안전하게 공부할 수 있었다.

섬이 보이는 바다에서 공부할 수 있었기에,

특히 생물과 지리 시간에 더 생생한 수업이 가능했다.

새로운 가족을 만나다

전염병이 심해져 마음대로 밖에 나갈 수 없게 되자,

강아지를 입양하는 사람들이 늘어났다.

그 덕분에 많은 강아지들이 유기견 보호소를 떠나 새로운 가족을 만날 수 있었다.

반려견은 사람들의 외로움을 덜어 주고, 따뜻함과 포근함을 안겨 주었다.

또 전염병에 대한 두려움도 극복할 수 있는 용기를 주었다.

세대를 뛰어넘어

캐나다 몬트리올의 한 보육원 아이들은

날마다 양로원을 방문해 할머니 할아버지들과 이야기를 나누며

즐거운 시간을 보낸다.

이 만남의 시간을 통해 아이들과 할머니 할아버지들은

서로서로 자신이 누군가에게 도움이 될 수 있으며,

꼭 필요한 존재라고 느낀다.

감사합니다

프랑스의 한 플로리스트는 병원 주차장에 세워져 있는

자동차 위에 예쁜 꽃다발을 하나씩 올려놓았다.

전염병으로 고생하는 의료진에게 감사의 마음을 전하는

자신만의 사랑스러운 방법이었다.

전쟁도 막을 수 없는

이스라엘과 팔레스타인 사이에 11일 동안 벌어진 전쟁이 끝날 무렵,

이스라엘의 한 유치원 선생님은 팔레스타인의 세 살짜리 어린 환자에게

자신의 콩팥 하나를 기증했다.

안녕

캐나다 코목스에 사는 할머니는 여러 해 동안

학교를 오가는 학생들에게 손을 흔들어 주곤 했다.

할머니가 요양원에 가는 날,

수많은 학생들이 할머니 집 앞에 모여 작별 인사를 건넸다.

좋은 소식은 나쁜 소식에 가려 잘 들리지 않기 마련이지만,

사실 세상에는 마음을 따듯하게 덥히는 이야기가 아주 많아요.

우리가 주변에 조금만 관심을 가지고, 눈여겨보고, 귀를 기울인다면

얼마든지 이런 이야기를 만날 수 있답니다.

세상은 우리가 생각하는 것보다 훨씬 살기 좋은 곳이니까요.

이 책에 소개된 실제 사연들을 만나 보세요!

웅진 ☀ 당신의 그림책은 자기만의 고유한 언어를 가진 작가들이 건네는 다채로운 예술의 경험을 선사합니다.
경계를 넘나들며 자유롭게 예술 세계를 여행하는 당신을 위한 그림책 시리즈입니다.

웅진 당신의 그림책 06
볕뉘의 시간을 너에게

초판 1쇄 발행 2022년 8월 26일 | **글·그림** 마르틴 스마타나 | **옮김** 정회성

발행인 이재진 | **편집장** 안경숙 | **편집** 이민주, 엄수진 | **디자인** 김보은 | **마케팅** 정지운, 김미정, 신희용, 박현아, 박소현 | **제작** 신홍섭 | **국제업무** 장민경 | **펴낸곳** (주)웅진씽크빅

주소 경기도 파주시 회동길 20 (우)10881 | **문의 전화** 031)956-7542(편집), 02)3670-1191, 031)956-7065, 7069(마케팅)

홈페이지 www.wjjunior.co.kr | **블로그** wj_junior.blog.me | **페이스북** facebook.com/wjbook | **트위터** @wjbooks | **인스타그램** @woongjin_junior

출판신고 1980년 3월 29일 제406-2007-00046호 | **원제** ROK DOBRÝCH SPRÁV | **한국어판 출판권** ©웅진씽크빅, 2022 | **제조국** 대한민국

ROK DOBRÝCH SPRÁV
Text and Illustrations ⓒ Martin Smatana
Originally published in 2021 year by Monokel LC, Bratislava, Slovakia
All rights reserved.
Korean language edition ⓒ 2022 by Woongjin Think Big Co., Ltd.
Korean translation rights arranged through Mr. Ivan Fedechko – IFAgency, Lviv, Ukraine and EntersKorea Co., Ltd., Seoul, Korea

ISBN 978-89-01-26350-2·978-89-01-25216-2(세트)

• 잘못 만들어진 책은 바꾸어 드립니다.
⚠️주의 1. 책 모서리가 날카로워 다칠 수 있으니 사람을 향해 던지거나 떨어뜨리지 마십시오. 2. 보관 시 직사광선이나 습기 찬 곳은 피해 주십시오.